아픔의 기록

John Berger

아픔의 기록
시 소묘 사진 1955-1996

존 버거 / 장경렬 옮김

열화당

『아픔의 기록』은, 이 시집의 초판본을 출간하는 데
도움을 준 존 크리스티(John Christie)와 나 사이의
공동 작업의 결과다. 우리는 전에 네 편의 영화를
함께 제작하기도 했다.

그의 믿음, 그리고 무엇보다도 그의 안목과 사랑이
없었다면 이 시집은 결코 현재의 모습으로 출간될 수
없었을 것이다. 그가 나에게 보여준 우정을 생각하며,
이 자리를 빌려 그에게 더할 수 없는 감사의 마음을
전하고 싶다.

존 버거

Pages of the Wound is the result
of a collaboration between
John Christie, who printed the
original book, and myself.
Earlier we collaborated in
making four films together.
Without his faith and above all
his vision and care, the book
would never have acquired the
form it has. On this page
quite simply I want to thank
him for his friendship. J.B.

존 버거 〈자화상〉 1945, 에칭, 원판 소실.

길 안내

열두 살 때부터 시를 썼다, 무엇이든 다른 것을 할 수가 없을
때면. 시는 무력감에서 탄생한다. 그러므로 시의 힘은
무력감에서 나온다.

모터사이클을 모는 일과 정반대의 위치에 놓이는 것이 시를 쓰는
일이다. 모터사이클을 모는 동안 우리는 우리가 접하는 주변의
모든 사실과 빠른 속도로 타협한다. 몸과 기계는 나아갈 길을
찾는 눈을 따른다. 냉정함을 잃지 않은 채. 자유롭다는 우리의
느낌은 결정을 하고 결과를 기다리는 시간이 지극히 짧다는
사실에서 온다. 그리고 어떤 저항이나 지연이 있게 되면 우리는
이를 비스듬히 비껴 가는 반동(反動)의 계기로 이용한다.
모터사이클을 몰 때, 삶을 계속 이어 가고자 한다면 거기에 있는
것 이외에 어느 것도 생각하지 않는다.

시는 사실(事實) 앞에서 무력하다. 무력하지만 인내력을 잃은 채
무력한 것은 아니다. 모든 것이 시에 저항하기 때문이다. 시는
결과에 어울리는 이름을 찾지, 결정에 어울리는 이름을 찾지
않는다.

시를 쓰는 동안 우리는 현재 일어나고 있는 일을 제외한 모든
것에 귀를 기울인다. 옷, 벗어 던진 신발, 그리고 머리 빗는
솔처럼, 시는 거기에 없는 것에 대해 이야기한다. 아니,

더 적절하게 말하자면, 우리 앞에 없는 것에 대해
이야기한다.

한 세기 전 스페인 북서쪽에 있는 갈리시아인들의 마을
베탄소스(Betanzos) 이곳저곳에서 수천 명의 사람들이
플로리다, 쿠바, 중앙아메리카로 이민을 떠났다. 그래서
베탄소스라는 이름은 그들에게 내면화되어 있다. 내가
그리는 그림에다 계속 이 단어를 써 넣었던 것은 이 때문이다.

모터사이클을 모는 사람은 바람을 누비듯 앞으로 나아가고,
시는 그 반대 방향에서 다가온다. 하지만 그들이 서로를
지나칠 때 둘 사이에 때로 함께 나누는 것이 있으니, 그것은
베탄소스와 같은 이름이 의미하는 바에 대한 똑같은 연민의
마음이다. 그리하여 거기에 내 사랑이, 똑같은 사랑이….

아득히 먼 곳

이 장작을 준비한 사람은
내 아버지였던가요?

성냥불을 켜는
손은
    역사의 일부일까요?

바람이 따져 묻고
불길이
답합니다.

이민자의 불.

스튜 냄비의 균형을 잡기 위해
무릎을 꿇은 채 앉아
부엌의 어머니를
수건을 쓴 머리를
당신을 떠올립니다
그리고 당신을 다시 불러 봅니다.

당신 마당의 양귀비꽃들이
내 구름 속에서 흩어집니다.

1975/76

1926년 11월 5일생[1]

배나무 잎이
나날이 붉어져 갑니다.
무엇이 피를 흘리고 있는지 나에게 말해 주오.
여름은 아니지요,
여름은 일찍 가 버렸으니까요.
마을도 아니지요,
마을은 술에 취해 길 위에 있지만
아직 쓰러지지는 않았으니까요.
내 가슴도 아닙니다,
내 가슴은 더 이상 피를 흘리지 않으니까요,
국화꽃이 더 이상 피를 흘리지 않듯.

이달에는 아무도 숨을 거두지 않았습니다.
그리고 외국인 노동허가증을 받을 만큼
운이 좋은 사람 역시 아무도 없었습니다.
식사로 수프를 제공받고
헛간에 잠자리가 허락된 우리는
십일월의 날씨가 으레 젖어들게 하는 것 이상으로
자살에 대한 생각에 젖어들지는 않습니다.
어둠 속에서 바라보는 그대여,
무엇이 피를 흘리고 있는지 나에게 말해 주오.

이윤 때문에 잘려 나간
세상의 손들이
피를 흘리고 있습니다,

유혈의 거리거리에서.

1983

농촌 이민

아침은 어머니들이었지요,
그네들의 목초를 키우는,
과수원을 가로질러
보이지 않는 침대보를 말리는,
김을 내뿜는 바위들을
태양과 침대 이야기로 괴롭히는.

저녁은 울타리를 심어 놓고,
강아지 키만큼 자란 풀 사이에서 부리로 쪼는
닭들에게 눈길을 주곤 했지요.
허풍쟁이 구름들을 불러모아
아이들을 먹이는 어머니들에게
열정의 말을 천둥처럼 퍼붓곤 했지요.

하루하루
아침과 저녁이 짝이 되었고
풀과 나뭇잎들이 자랐으며
흠뻑 젖은 푸른색 꽃술이
우리네 호두나무에서 떨어졌지요,
죽은 애벌레처럼.

1979

남은 것들

환하게 빛나는 손님들이 떠났습니다.
푸른빛의 장식들이 거두어지고,
그늘을 드리우지 못하는 빛이
창문 위에 낀 모진 성에를 눈감아 줍니다.

사랑하는 사람들과 풀들이
그네들의 씨앗을 흩뿌리던 곳에서는
철 구조물의 갈라진 틈 위로
이제 얼음이 잠자리를 마련합니다.

하지만 아직 안타까워하지 마오.
개똥지빠귀의 작고 조심스런 눈동자가,
살며시 다가오는 침묵이,
이 조심스런 시행(詩行)들이

여전히 증언하고 있으니까,
우회적으로,
인간의 변치 않는
끈기를.

1956/57

이프레[2]

기반: 물이 흠뻑 배어 있는 진흙으로 된 들판

수직: 일렬로 심어 놓은
　　　가지들이
　　　　　부러진
　　　　　　훌쭉한 낙엽송들

수평: 죽은 말(馬)들의
　　　　색깔을 띤 벽돌담들

가라앉음: 낮게
　　　　　낮게
　　　　　　검은 창문이 있는 가옥들

때때로 벽은 하얗게 칠해져 있으며
무심한 구름 아래
　　　사각형의 생기 잃은 석회 벽

여기에서는 모든 가금(家禽)이 물갈퀴 발을 지녀야 하며
새벽이면 익사한 병사들이 닭을 훔치려고 들판을 건너온다

기반을 가로질러
　　　수직으로
　　　수평으로
　　　　질서가 존재한다:

쪼개진 나무의 질서
부러진 가지들의 질서
죽은 말들의 색깔을 띤 벽들의 질서
그리고 무너져 내린 지붕들의 질서

가로지르는 것 이외에는 출구가 없다
여기서는 아무것도 그 어떤 천국으로든 이를 수 없다

땅과 하늘 사이에는
　　투명한 덮개가 존재한다
　　수탉의 울음소리와
　　병사들의 울음소리로 주름이 잡힌

1973

자화상 1914-1918³

이제 보니 나는 그 전쟁에 너무도 가까이 있었던 것 같다.
나는 전쟁이 끝나고 팔 년이 지난 후
총파업⁴이 실패로 끝났던 그 해에 태어났다.

하지만 나는 베리식 조명탄⁵과 파편 옆에서,
몸을 잃어버린 팔다리들이 떠 있는 진창 위로
깔아 놓은 판자 길 위에서 태어났다.

나는 겨자 가스로 둘둘 말린 채
죽은 이들의 시선에서 태어나
참호 속에서 끼니를 제공받았다.

나는 살아남으리라는 근거 없는 희망이었다,
엄지와 검지 사이에 진흙을 묻힌 채⁶
아브빌 근처에서 태어난.

나는 내 인생의 첫해를 살았다,
카키색 군용 배낭에 집어넣은
휴대용 성경의 책갈피 사이에서.

나는 내 인생의 둘째 해를 살았다,
표준형 육군 급료 지불 대장에 간직한
한 여인의 사진 석 장과 함께.

내 인생의 셋째 해인 1918년

11월 11일 오전 열한시에
나는 상상 가능한 모든 것이 되었다.

세상에 눈길을 줄 수도 있기 전에
울음을 터뜨릴 수도 있기 전에
굶주림을 느낄 수도 있기 전에

나는 영웅들이 살아가기에 적합한 세상이었다.

1970

말 1
베벌리[7]를 위하여

골짜기 아래로
　사람들과 피가
　　흘러갔소

고사리 덤불 안
　손이 닿지 않는 곳에서
　　개가 울부짖었소

입술 사이에서 머리 하나가
　세상의 입을
　　열었소

그녀의 젖가슴이
　비둘기처럼
　　그녀의 갈비뼈 위에 깃들고

솟아 나오는 길고도
　하얀 말(言)의 실을
　　그녀의 아이가 빨아들이오

1980

말 2

혀는
   등뼈의 첫 잎새
언어의 숲이 그 주변을 둘러싸고 있는 첫 잎새

두더지처럼
   혀는
말의 대지 속으로 구멍을 파고드오

새처럼
   혀는
문자화한 말 위로 원을 그리며 비행하오

혀는 입 속에 묶인 채 홀로 있소

1980

영감 靈感

교외 지역의 집
지하층 부엌을 차지하고 있는
잡동사니
그릇에 내던져진 마늘
그 마늘의
두뇌를 만드는
말린 정향(丁香)들
한 가운데서
푸름에 대한 예감이
맹렬하게 건의한다
태양의 아낌없는 귀환을.

1982

그대로 옮겨 적은 꿈 하나

광포해진 말〔馬〕도
말에서 사뿐히 뛰어내린 사람들도
그녀를 숲으로 인도해 믿게 할 수는 없나니,
　　　그가 진실로 죽었음을.

아, 그의 귓바퀴를 물어뜯고
그의 삶의 빗장을 뽑아라. 그들이 이렇게 말했지.

푸른 잎으로 뒤덮인 승마 도로 끄트머리 바로 거기서
그들은 호랑가시나무에 그의 목을 매달았지.
그리고 그녀는 울고 또 울었지, 눈물이 돌과 돌 위로 굴러
　　　내 산허리로 흐를 때까지.

1960

트로이[8]에서 온 엽서

이 대도시에서는
죽음이 양가죽을 뒤집어쓰고 있지요

고속도로를 따라
차량의 행렬은 끊이지 않아요

샛길의 폭포 아래에는
가득 담긴 관이 세 개 있지요

매, 매, 검은 양아

택시 안에서 풀이 자라고요

자갈로 채워진 모래 시계를
누가 뒤집어 놓을 수 있을까요?

방바닥을 꽉 채운 융단을
고정시키기 위한
아네모네 꽃들이 그 위에 박혀 있어요

예, 예,
출입문은 닫혀 있지요

다만 죽은 멧새를
감쌀 만큼.[9]

1990

렘브란트의 자화상

얼굴에서 두 눈이,
두 밤이 낮을 응시하고,
연민으로 갑절이 된
그의 마음의 우주는
다른 어느 것으로도 채울 수 없으리.
달리는 말(馬)이 없는 길처럼 고요한
거울 앞에서
그는 우리를 마음에 그렸다,
귀 먹고 말문 막힌 채
어둠 속에서
그를 보기 위해
산 넘고 들 건너 되돌아오는 우리를.

1975

시

한마디 한마디 나는 묘사합니다.
당신은 하나하나 사실을 받아들이고
이렇게 자신에게 묻습니다:
그의 말이 진실로 의미하는 바는 무엇인가.

연이어 펼쳐진 사절판 크기의 하늘,
소금기 배인 하늘,
별들로 구멍이 뚫린
다른 하늘에서 인쇄하듯 옮겨 온
잔잔한 눈물로 덮인 하늘.
말리기 위해 펼쳐 놓은 페이지들.

글자와도 같은 새들이 날아가고 있습니다.
아, 우리도 날아가게 해주오,
알 수 없는 글자 같은 새들의 보루 가까이
물 위에서 원을 그리다 그 위에 자리잡게 해주오.

1972, 레 살랭 드 지로[10]에서

하우(1909-1985)[1]를 위하여

나는 당신을 알고 있습니다,
내 무지(無知)를 통해,
그리고 조심스럽게
당신이 인용으로 채웠던
내 무지의
공간을 통해.

나는 당신을 알고 있습니다,
과묵함이 담긴 당신의 희미한 미소를 통해,
그리고 조각조각 기운 소매 속에
당신이 숨겨 놓았던 자부심의
공간을 통해.

나는 당신을 알고 있습니다,
죽음 직전의 순간을 통해,
비탄에 젖은 말(言)에서
당신이 찾았던 신(神)의
공간을 통해.

나는 당신을 알고 있습니다,
당신의 딸을 통해,
그리고 이곳과 그때 사이의
말들의
공간을 통해.

1985. 7. 18.

르모리앙[12]에서
스벤, 로맨느, 아냐[13]를 위하여

1.

칼 손잡이들의 노란색이
산 아래로 흘러,
올리브 나무들을 지나,
연이은 몇 계절의 올리브 기름으로
돌이 돌을 달래고 있는
내 맷돌[14]의 연륜에까지,
그리고 잠든 사나이가
내 맷돌 바퀴의 정적에
깨어날지도.

르모리앙에서

2.

나비 한 마리가 낱알 하나를 일깨우고
그 낱알이 또 하나의 낱알을 일깨우고 있어요
먼지 속에서 마찰이 일고
잉태한 돌 위에
하늘이 푸른 젖을 흘릴 때까지

하루가 탄생합니다

열린 눈들의 위태롭고 가파른 시선 아래로
나무들이 이끌립니다.

르모리앙에서

3.

손끝이 닿는 곳 밤의 높이에서
풀들은 항상 자라겠지요
내 이파리의 이파리도
하지만 아주 이르게
그리고 꼿꼿이
나무들을 따라가노라면
내 팔목의 정맥을 간질이던
거미줄이 부서지는 것이 느껴지고
마침내 밤의 모든 연계선이 끊어집니다
그리고 나는 홀로 발걸음을 앞으로 옮깁니다
첫 손님의 눈 그 홍채 위에 비친
벌꿀빛 반점(斑點)이 되기 위해.

르모리앙에서

4.

벌거벗은 모습으로 한낮이 잠에서 깨어납니다,
마침내 그 눈으로 샅샅이 살필 수 있을 때까지,
문신으로 등이 덮인 도마뱀들이
내 맥박의 속도보다 빠르게 움직이고 있는 방벽(防壁)을 넘어,
한 사나이의 눈짓 아래
내 욕망의 어느 것도
그 근원과 분리될 수 없을 만큼
천 년을 지나온[15]
그처럼 오래된 덤불들을 가로질러,
둥근 돌들이 균형을 잡은 채
응시의 눈길을 기다리고 있는
비탈진 성감대 아래쪽으로,
쾌락의 폭포 뒤편으로,
잉태되지 못한 이들만큼이나 참을성있는 언덕들 너머,
수마일의 거리(距離)를 환영(歡迎)의 마음으로 촉촉이 적신,
시선을 나누어 놓는
바로 그 지평선에 이르도록.

르모리앙에서

5.

그림에게 일어서게 하고
모든 점에게
선을 낳게 하세요
씨 뿌린 대지를
그 수확이 일깨우듯
그리고 내 젖꼭지를
더디게 자라는 나무가 일깨우듯

그림에게 일어서게 하고
내 다리를
식탁의 다리가 되게 하세요
이 땅이
한 장의 수건처럼 그 위에 드리워지고
물이 채워지길 기다리는
한 개의 그릇처럼 그 위에 놓일 식탁의 다리가

그림에게 일어서게 하고
그 무세가 지배하게 하세요
마침내 모든 선이 열리고
그 선이 감싸는 거리(距離)가
내 사랑하는 사람 위에서
하늘의 틀이 될 때까지

그림에게 일어서게 하고
그 입술에서 쏟아져 나오게 하세요
내 맷돌 바퀴를 돌릴 수 있는 모든 것을.

르모리앙에서

6.

내가 오르는 동안
산이 땀을 흘립니다

심장의 고동은 빨라지고
돌마다 방울져 맺힌 물기가
등뼈를 타고 소리내어 흐릅니다

계곡에서
강어귀는 소문을 전하듯
들판의 귀에 속삭여 물을 흘립니다

어두워지기 전에
이 정상으로부터 나의 산이여
당신은 나를 내려놓아야 합니다.

르모리앙에서

7.

나를 가려 주세요 나를 가려 주세요
바위의 흰빛처럼 내가 펼쳐질 수 있도록
그리고 어떤 무지(無知)도 빛 속에 남아 있지 않도록
작동 중인 모든 기관이
정자와 난자를
짝짓는 한 쌍의 나비처럼
또렷이 시야에 들어오게 하면서
그 모습을 드러낼 때
그때는 순간 눈에 띈 나비 날개를
행여 잘못 해석하기에는
너무 늦을 것입니다
응시하고 있는 이 태양에게는.

르모리앙에서

8.

폭포처럼 여울지는 내 울부짖음 속에
달콤한 아우성이
그리고 한 아이의 목소리가
당신을 도와 이름짓게 했습니다
내 자궁의
이름지을 수 없는 색깔을
당신의 가지로부터
내 잎새들이 그때 펼쳐졌고
내가 나의 혀로
당신 숲의 윤곽을
더듬어 찾았기에.

르모리앙에서

9.

아직 따듯한 돌들은
당신의 손길을 즐깁니다

길이와 높이가
한 계단 한 계단 줄어듭니다

빛이 평평한 바다 위로 내려옵니다
내가 벗어 놓은 옷의 물결로 덮인 바다 위로

어둠이 우리를 탐색합니다
다만 어루만짐만으로.

1962/63

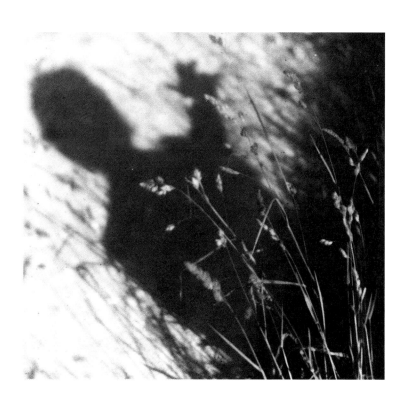

죽음

멧돼지가
나를 유린했다는
믿음 아래
나를 사랑한다고 말하는 사람들이
그 멧돼지를 사냥하는
동안
매 순간
내 머리의 숲에서 잎이 하나씩 떨어집니다

1970

이주하는 말[言]들

한 줌의 흙에
나는 내 모국어의
그 모든 억양을 묻었습니다

그곳에 그 모든 억양은 누워 있지요
개미들이 짜 맞춰 놓은
소나무의 가시 잎들처럼

어느 날 또 다른 방랑객이
우연히 발견하고 소리치는 순간
그 모든 억양은 다시 빛을 발하겠지요

이윽고 포근하고 안락한 분위기에서
그는 밤새 들을 것입니다
자장가와도 같은 진리의 노래를

1980

음악

카나리아가 독수리 안에서 노래합니다,
미친 듯이.
카나리아가 독수리의 가슴 안에서 노래합니다,
새장에 갇히듯 그 안에 갇혀.
점점 빨라지는
독수리의 느린 날갯짓 울림이
파르르 떠는 카나리아의 주둥이에서
끊임없는 재잘거림처럼 흘러나옵니다,
음악이 되어.
독수리가 카나리아를 죽일 때
카나리아의 떨리는 노랫소리는 극에 달합니다.

1972

엘비스[16]

자작나무
안에서 검은 새가
자신의 날개를
잎새와 맞바꿉니다
등나무를 향해 노래를 하고
사라집니다
영원히
박수갈채와도 같은
무성한 잎새들 속으로.

1991

침엽수림 지대의 시 두 편
넬라[17]를 위하여

1.

아마도 그 속도가 변하여 우리의 썰매가,
우리의 담요가 변하여 길게 뻗은 당신의 손이,
나무들 사이를 비집고
    우리가 가는 길이 변하여
      밤에 배운 이국의 언어가 된 것 같소.

당신은 보온병에 커피를 채워 놓고,
필요할 때면 우리의 발자국을 포장하여
자신을 밝히지 않는
    탐욕스러운 눈〔雪〕의
      벌어진 아가리 속에 처넣곤 했소.

망치를 든 목수처럼 우리는 함께
우리가 지나온 여정에게 가르쳐 왔소,
우리가 그 사이를 비집고 날아온
    나무들로
      어떻게 지붕을 만드는가를.

남기고 떠나온 적막에 귀 기울여도
나에게는 더 이상 들리지 않소,
여름 별장에 대한 저 먼 곳의 물음이:
    그리고 내일

우리는 어디로 갈 건가요?

어둠이 밀려오면 썰매를 끌던 개들이 두려워하오,
숲이 끝도 없이 이어지는 것이 아닌가 하여.
그리고 매일 밤 눈 속에서
　우리는 개들을 진정시키오,
　　우리가 터뜨리는 뜻밖의 웃음소리로.

2.

덤불 속에서
　　빛은 망치로 두드려 편 못
덤불 속에서
　　말(言)은 죽은 이들의 것
덤불 속에서
　　소식은 감옥에 관한 것[18]
가장 나쁜 선택임을 알고
　　덤불은 우리를 선택했소.

덤불 속에서
　　우리는 멧돼지로부터 요령을 터득했소
덤불 속에서
　　우리는 별들에 낀 성에를 감지했소
덤불을 날라
　　우리는 빵을 데우기 위한 오븐을 달궜소
좀더 나쁜 선택임을 알고
　　우리는 덤불을 선택했소.

평원에서 온 당신과
　　바다에서 온 내가
지평선 또는 수평선을 떠올렸소.
　　아니면 우리가 그것을 미리 보았던 것이오?

버려진 하늘들처럼
　　서로의 팔을 벤 채
당신과 내가 잠들던 그곳
　　덤불 속에서.

1980

수건

아침에
빨아 다리미질하여
야생화 무늬와 함께 접어놓은 수건이
서랍에서 차지하는 공간은 얼마 되지 않습니다.

흔들어 펼쳐
그녀는 머리에 그것을 맵니다.

저녁에 그녀는 수건을 벗어
아직 매듭이 지어진 채로
마룻바닥에 드리워지게 합니다.

면으로 된 수건 위
꽃무늬 사이로
노동의 하루가
자신의 꿈을 기록해 놓았습니다.

1981

마리차[19] 평원

끝이 뾰족한 신을 신은 농업학자들이
고속도로의 가장자리로 끌어다 놓은
죽은 개를 밟고 넘어
밭으로 들어선 다음 몸을 굽혀
몇 줌의 비옥한 검은 흙을 조사합니다
거대한 실험용 송풍기의 바람처럼
바람이 그들의 가벼운 정장을 휘감아 올려
팔다리를 감싼 채 퍼덕이게 합니다
그리고 농부들이
누덕누덕 깁고 누빈 상의를 걸친 채
구경을 하다가 묻습니다
우리에겐 낯익은 저 땅에서
저들이 찾는 건 뭐지?

1978

길, 하나

이민의 시, 여덟 편

1. 마을

당신에게 말하건대
　　모든 집들은
돌 가장자리의 구멍들이라오

우리는 관 뚜껑을 그릇 삼아 식사를 하오

저녁 별과
　　양동이의 우유 사이에는
아무것도 없소

버터 제조기는 하루에 두 번씩
　　비운다오

들판에
　　우리를 두엄처럼 던져
　　김을 내뿜게 하오.[20]

2. 대지

가을에
그리고 굶주림의 시기에
　빗질을 당한 대지의 보랏빛 머리 가죽

손으로 캐낸
　대지의 금속성 뼈들

대지 위의 교회
　십자가에 못 박힌 우리 시계(時計)의 팔들

모든 것을 빼앗겼소.

3. 떠남

고통은
아무리 오래 지속되어도

충분치 않소

길은
이별의 하얀 포옹인
눈에 덮여
희미해지오

기차에서 나는 진실을 쓰려 애써 왔소.

한쪽 귀를 잃은 채
혀가 겁을 먹고는
한마디 말에 매달리오
기차는 다리를 지나고 있고
에스 에이 브이 에이²¹
글자마다에
모질고 단단한 얼음이 들러붙소
나의 강 사바

4. 대도시

운하의
수면처럼
예리한
　달빛의 모서리가

어둠의 수위가
빛의 수위까지
낮아진
새벽 무렵
　이성의 자물쇠들이

어둠을
덩이진 암흑을
실명(失明)의 지역을 허락하고 있소
그것을 허락하라 눈〔眼〕들이여

하지만 이곳에서는 이미
어둠은 자루에 담긴 채 도난당했고
조약돌의 무게를 이기지 못한 채
물밑으로 가라앉고 말았소

더 이상 이곳에는 그 어떤 어둠도 없다오.

5. 공장

이곳을 지배하는 것은
영원한 새벽의 시간
깨어남의 시간
혁명적 예언의 시간
생명을 잃은 등걸불의 시간
끝도 없이 이어지는
밤낮이 없는 노동의 시간

우리는 그곳에 밤을 건설했소
불을 지피고
그 안에 누워
어둠을 담요 삼아 끌어 덮으면서

가까운 들판에서는
대지처럼 조용하고
불처럼 따뜻한
잠든 동물들의 숨소리가 들리오

온기(溫氣)는 결코 되돌아오지 않으리라는
고통스러운 믿음이 한기(寒氣)를 전하오

이곳에서
밤은 잊혀진 시간이자

영원한 새벽
그리고 한기에 둘러싸여 나는 꿈꾸오
　어떻게 소나무가
　이빨 뒤쪽
　개의 혓바닥처럼
　타 버렸는지를.

6. 물가

밤새도록 허드슨 강은
잠자리에 누워 기침하오

나는 잠들려 애쓰오

내 조국은
나무에 못 박힌 짐승의 가죽

내 영혼의 바람이 몰아치오

수평선으로
나는 그물 침대를 만드오

잠 속에서
나는 젖을 빨 듯 고향 마을을 빨고
내 강의 만곡(彎曲)을 어루만지오

두 마리의 검은 고등어가
여명 속에서
입항하오

그놈들을 작살로 잡으시오 하늘이여 그놈들을 작살로 잡으시오[22]

7. 부재 不在

태양의 고도가 풀의 키만큼이나 낮아졌을 때
보석들이 나무에 걸렸을 때
그리고 순환도로를 따라 도열한 형광빛 가로등 사이에서
테라스가 장밋빛으로 바뀌었을 때
아파트 건물들은 자기네들 피에타[23]를 내걸었소

그들은 감자를 튀기고
공장이 털장갑을 낀 노동자들을 쏟아내오
내 장갑의 엄지에는 구멍이 하나 뚫려 있소

덩굴들은 푸르지 않소
덩굴들은 여기에 없소
고압선에서 부서진
보석들은
죽은 이들의 장식품이 될 것이오
감전사 위험.

8. 내가 기억하는 숲

나에게 이렇게 죽도록 허락해 주오

나뭇가지들이 우람하고
　　언덕들이 일어나오
구름이 컵 안으로
　　쏟아져 들어오오

숲에서는 멧돼지가
　　식사를 마치고는
　　따뜻해진 몸으로
　　　졸음에 겨워하오

한 장의 천처럼 둘둘 말아
　　내 머리 안에
지니고 다니는 스크린 위에
　　숲 속의 모든 빈터가 기록되어 있소

죽은 이들의 눈앞에
　　드리워진
　　　한 장의 시트가
세계의 표정을 차단해 주고
펼쳐진
　　천 위로

나는 그들의 자취를 따라가오
내가 기억하는 숲에서.

1984

외톨이 목동의 달맞이

커피 잔의 갈라진 금처럼
나날이 새롭게 새겨지는
저 지평선 위에서
내가 네 살 때 보았던 만큼의 크기로
암소들의 크기가 변합니다

암소들의 북쪽으로
큰 바위로 불리는
바위들이 풀을 뜯고 있습니다
모든 일이 마감되었을 때
달이 뜨는 바로 그곳에서

먼저 보랏빛 달무리
사람들이 말하길 아버지 나의 아버지가
이끌려 맨발로 쫓아갔던
그녀가 무도회에서 입었던
드레스 색깔의 달무리

아들아 드레스에는 옷단이 없다

이윽고 창백한 피부의 호수
지난 어느 날 밤
사내아이들이 헤엄을 치고는
물가에 장화를 버려 둔 채
다시금 찾아 오르지 않은 바로 그곳에

아들아 지평선이 입처럼 열린다

천천히 천천히
뼈처럼 하얀 머리가 탄생하고
뒤이어 빛에 감싸인 당신의 몸이
미끄러지듯 가볍게 그 모습을 드러냅니다
나의 신(神)인 당신이 왔던 바로 그곳에서.

1980

먼 마을

산들은 무정하고
비는 눈을 녹이고 있지만
녹은 눈은 다시 얼 것입니다.

카페에서는 두 이방인이
아코디언을 연주하고
방 하나 가득 남자들이 노래하고 있습니다.

음악의 선율이
마음의 자루들을
두 눈의 여물통들을 가득 채우고 있고요,

노랫말은
두 귀 사이의 소란한
외양간을 채우고 있습니다.

음악은 얼굴의 늘어진 살을 깎아 주고
류머티즘에 유일한 치료약이어서
뻑뻑해진 관절을 풀어 주지요.

음악은 손톱을 깨끗이 다듬어 주고
우리의 손을 부드럽게 하며
못 박힌 굳은살을 문질러 제거합니다.

방 하나 가득 남자들이

물약을 먹인²⁴ 소떼에서,
디젤 오일에서, 끝도 없는 삽질에서 해방되어,

사랑 노래의 가락을
부드러워진 손으로
어루만지고 있지요.

내 손은 이미 내 손목을 떠나
당신의 젖가슴을 찾으러
산을 넘어가고 있습니다.

카페에서는 두 이방인이
아코디언을 연주하고
비는 눈을 녹이고 있습니다.

1986

16시 45분, 총살형 집행조[25]

암캐가 한낮을
입에 물고는
깊은 밤의 들판을 넘어 갔습니다,
전에 안전했던
은신처를 향해.

새벽까지 누구도 잠을 방해받지 않았습니다.

정오 무렵
그늘 아래 몸을 웅크리고 있던 암캐가
자신의 네 발 사이에 새끼를 내려놓고는
새끼가 젖을 빨기를 기다렸지만
허사였습니다.

손이 묶인 채
한 줄로 늘어선 죄수들이
자신들이 파 놓은 무덤 속으로
굴러 떨어집니다.

땅바닥에 배를 댄 채
암캐가 한낮을 물고 갑니다,
어둠으로 되돌아가지 않으려는 듯
꼼짝도 하지 않는 한낮을.

별 아래의 유족들에게는

암캐 울부짖는 소리도
그들 귀에 들리는 듯했습니다,
세상의 가장자리에서.

이 가련한 한낮은 태어날 때
완전한 귀머거리에 장님이었습니다.

1991

이별

방랑의 언어를 소유한 우리가,
고칠 수 없는 억양과
우유를 가리키는 또 하나의 표현을 소유한 우리가,
기차를 타고 와
정거장 플랫폼에서 얼싸안는 우리가,
우리의 짐차와 우리가,
우리가 없는 동안
침실의 벽면에
제 자취를 남기는 목소리의 주인공인 우리가,
모든 것을 함께 나누고
없는 것조차 함께 나누는 우리가,
바로 이 없는 것조차 둘로 나누어
하나뿐인 병을 돌려 가며
소리내어 함께 마시는 우리가,
뻐꾸기에게서
셈하는 법을 배운 우리가,
우리의 노래를
그들이 어떤 화폐로 바꾸었던가요?
그런 우리, 좁은 침대에 홀로 누워 있는 우리가
시에 대해 알고 있는 것은 무엇일까요?

우리는 선물을 주는 데 능숙한 사람들입니다,
포장지에 싼 선물뿐만 아니라
은밀하게 남겨 두는 선물까지도.
떠나기 전 우리는 우리의 눈을 우리의 발을 우리의 등을 감춥니다.

우리가 지니고 가는 것은 열차의 선반에 올려놓을 수 있는
　　것뿐입니다.
우리는 창틀과 거울에
우리의 눈을 남겨 두고,
우리는 침대 옆 융단 위에
우리의 발을 남겨 두고,
우리는 회반죽으로 덮인 벽과
경첩에 매달린 문에
우리의 등을 남겨 두고 떠납니다.

우리 뒤에서 닫히는 문,
그리고 짐차 바퀴의 소음.

우리는 또한 무언가를 지니고 가는 데 능숙한 사람들입니다.
우리는 기념일들을,
손톱의 모양을,
잠든 아이의 고요함을,
당신이 키운 셀러리의 맛을,
우유를 가리키는 당신의 표현을 지니고 떠납니다.
그런 우리, 좁은 침대에 홀로 누워 있는 우리가
시에 대해 알고 있는 것은 무엇일까요?

단선 철도가, 환승역과
조차장(操車場)이
소리내어 우리에게 알려 줍니다.

우리가 지니고 가는 것보다
더 기다란 행들로 이루어진 시(詩)는 없습니다.
말장수처럼 우리는 말의 이빨을 더듬는 것으로
우리가 얼마나 멀리 왔는지,
얼마나 고통스런 여행을 했는지 가늠할 수 있습니다.[26]

노새를 타고 가든, 걸어서 가든,
비행기와 화물차를 타고 가든,
우리는 우리 마음속에
모든 것을 지니고 떠납니다,
추수기의 수확을, 관(棺)을, 물을,
기름을, 수소(水素)를, 길을,
만발한 라일락꽃을,
그리고 공동묘지에 흩뿌려진 흙을.

불쾌한 외국의 소식을 지닌 우리가,
그리고 우유를 가리키는 또 하나의 표현을 지닌 우리가,
그런 우리, 협소한 침대에 홀로 누워 있는 우리가
시에 대해 알고 있는 것은 무엇일까요?

우리는 산파들만큼이나
어떻게 여인들이 아이를 배고
낳는가를 알고 있으며,
우리는 학자들만큼이나
무엇이 언어를 전율케 하는가를 알고 있습니다.

우리의 짐.
헤어졌던 것들이 한자리에 모이면
이에 언어가 전율합니다.
천 년의 세월과 마을의 거리를 가로질러
동토(凍土)의 지대와 숲을 통과하여
작별 인사를 나누고 다리들을 건너
우리 아이들의 도시를 향할 때
우리는 반드시 모든 것을 지니고 떠납니다.

세상의 모든 가축 운반 차량들이
가축을 실어 나르듯
우리는 시를 실어 나릅니다.
곧 길이 나뉘는 곳에서
그들은 문을 열어 그것들을 쏟아 놓을 겁니다.

1985

길, 둘

We take
the shape
the
the taste
and the

anniversaries
fingernail
the child asleep
celery
milk

Betanzos

우리는 기념일들을
손톱의 모양을
잠든 아이의 고요함을
당신이 키운 셀러리의 맛을
우유를 가리키는 표현을 지니고 떠납니다.

진혼곡

푸름이
채웁니다
대지의 두 젖가슴을
밤낮으로
숲의 나무들은
젖가슴에 매달려 푸름을 마십니다.
모든 색채 가운데
푸름은 궁극의 색채.

바람이
흙을 말려
곱고도 가벼운 가루로 만듭니다
깊고 깊은 진흙 속에서
얼룩이
되풀이하여 건조된
피의 갈색이
내리는 비에
바람이 멎자
다시금 죽음을 맞이합니다.

넬라, 당신에게 말하나니,
푸름은
은빛이나 붉은빛과 달리
결코 정지해 있는 것이 아닙니다.
잎새를 위해

무기질의 시대를
뒤로 미루는 푸름은
그들 영혼의 색깔이고
선물로 오는 것입니다.

1986

죽은 이들의 세계에 관한 열두 가지 명제

1. 죽은 이들은 살아 있는 이들을 둘러싸고 있다. 살아 있는 이들이
   죽은 이들의 핵심부를 이루고 있는 셈이다. 이 핵심부에는
   시간과 공간의 차원이 존재한다. 핵심부를 둘러싸고 있는 것에는
   시간성이 존재하지 않는다.

2. 핵심부와 그 주변부 사이에는 주고받기가 이루어지는데, 그것이
   어떤 것인지는 일반적으로 명료하지 않다. 모든 종교는 그와
   같은 주고받기가 어떤 것인지를 좀더 명료하게 밝히는 데 관심을
   가져 왔다. 종교에 대한 신뢰도는 신비롭고 예외적인 주고받기들
   가운데 어떤 특정한 것을 얼마만큼 선명하게 밝히느냐에 달려
   있다. 종교의 신비화는 그와 같은 주고받기들을 체계적으로
   생산해내려는 노력의 결과다.

3. 선명한 주고받기가 드문 것은 아무런 손상을 입지 않은 채 시간과
   시간의 부재 사이의 경계를 건널 수 있는 것이 드물다는 데서
   기인한다.

4. 죽은 이들은 한때 개개인으로 존재했지만 그들을 여전히 그런
   개개인으로 보게 되면 그들의 본질이 모호해지기 쉽다. 죽은
   이들이 살아 있는 이들을 바라보는 방식이라고 우리가 추정하는,
   그런 방식으로 살아 있는 이들을 바라보도록 하라. 말하자면,
   집합적으로 바라보라. 집합적인 것은 공간뿐만 아니라 시간을
   뛰어넘어 생성될 수 있다. 집합적인 것에는 일찍이 삶을 살았던
   그 모든 이들이 포함될 수 있다. 그리하여 우리는 죽은 이들에
   대해서도 생각할 수 있게 된다. 살아 있는 이들은 죽은 이들을

살아 왔던 자들로 단순화하지만, 죽은 이들은 이미 그들 자신의
거대한 집합 속에 살아 있는 이들을 포함시킨다.

5. 끊임없이 새롭게 시작되는 형성의 순간, 그것도 시간을
   초월하여 존재하는 형성의 순간 속에 죽은 이들이 존재한다.
   형성은 어느 순간에도 확인되는 우주의 상태다.

6. 삶에 대한 그들의 기억에 의거하여, 죽은 이들은 형성의 순간이
   또한 붕괴의 순간이기도 하다는 것을 안다. 살아 왔기 때문에
   죽은 이들은 결코 무기력할 수 없다.

7. 만일 죽은 이들이 시간을 초월하여 존재하는 순간 속에서 삶을
   산다면, 어떻게 그들이 기억을 소유할 수 있겠는가. 그들은 단지
   시간 속으로 던져졌다는 사실만을 기억한다. 존재했거나
   존재하고 있는 모든 것들이 그러하듯.

8. 죽은 이들과 태어나지 않은 이들 사이에 차이가 있다면, 그
   차이는 죽은 이들이 바로 이 기억을 소유하고 있다는 데 있다.
   죽은 이들의 숫자가 늘어남에 따라 이 기억의 크기는 커진다.

9. 시간을 초월하여 존재하는 죽은 이들의 기억은 상상력의 한
   형태—가능 세계와 관련을 갖는 상상력의 한 형태—로 생각할
   수 있으리라. 이 상상력은 신과 가까운 것이며 신 안에
   거주한다. 하지만 어떻게 그런지에 대해서는 나는 모른다.

10. 살아 있는 이들의 세계에는 이와 상응 관계를 이루지만 용납이
    불가능한 현상이 존재한다. 살아 있는 이들은 종종 시간의 부재
    상태를 체험하기 때문이다. 잠에 취한 순간, 황홀경의 순간,

극도로 위험한 순간, 성적 오르가슴의 순간, 그리고 어쩌면
죽음 자체를 체험하는 순간이 이에 해당할 것이다. 이같은
순간에 살아 있는 이들의 상상력은 체험의 전(全) 영역을
포괄하고, 개인적 삶이나 죽음의 경계를 뛰어넘는다.

11. 죽은 이들과 아직 일어나지 않은 것 또는 미래 사이에는
    어떤 관계가 있는가. 미래라고 일컬어지는 모든 것은
    그들의 '상상력'이 관여하여 만들어내는 구축물**이다.**

12. 살아 있는 이들이 어떻게 죽은 이들과 함께 삶을 사는가.
    자본주의에 의해 사회가 비인간화하기 전까지는 살아 있는
    모든 자들이 죽은 이들의 체험을 예기(豫期)하고 있었다.
    그것이 그들의 궁극적인 미래였기 때문에. 살아 있는 이들은 그
    자체로서 완벽한 존재가 아니었던 것이다. 이처럼 살아 있는
    것과 죽은 것은 상호의존적이었다. 항상 그러했다. 바로 이
    상호의존성을 깨뜨린 것은 오로지 어느 시대에도 존재하지
    않던 현대 특유의 자기중심주의다. 그 결과 불행하게도 살아
    있는 이들은 이제 죽은 이들을 '제거된 자들'로 생각한다.

1994

1993년 알프스의 봄

새로 돋아난 풀을
낫으로 자릅니다
저 집의 창문들은 불빛으로 환합니다
오늘 밤 누가 자리에 없지요?
제비들이 옵니다
자두나무의 꼭대기 가지들
모든 것의 행방이 묘연합니다
모든 것이 바늘귀의 끝
꽃의 침술(鍼術)입니다
저 집안 남쪽으로 수천 킬로미터의 거리
상처 입은 자들을 위한 마취약이 없습니다
제비들이 갑니다
그리고 남자들이 죽을 채비를 합니다
전화선 사이에서
봄의 풀이 쓰러집니다
창문들은 어둠에 덮여 있습니다
우리는 애도해야 합니다
올해는 자두가 많이 열릴 것입니다
새로 돋아난 잎들
포위당한 마을들
그 어미가 강간당한 뒤 사살되고 만 아기의
귀여운 손톱만큼이나 자그마한 마을들
하얀 꽃의 침술들
그리고 제비가 그 안에 둥지를 튼
헛간의 나무 판자들

예수가 그 위에서 죽음에 이른
십자가와 동일한 재질의 나무
푸른 하늘을 향해
활짝 핀 채 햇빛을 받고 있는 꽃들 사이에서
나는 봄의 풀을 낫으로 자르고 있습니다.

1993

모든 성자의 날[27]
넬라를 위하여

아주머니가 암탉들에게 모이를 주고 있어요
나는 그녀의 병아리지요

아주머니가 마루를 솔로 문질러 닦고 있어요
나는 그녀의 햇빛이지요

아주머니가 콩의 꼬투리를 까고 있어요
나는 그녀의 두 손가락 사이에 집힌 설탕이지요

아주머니가 잼을 만들고 있어요
나는 그녀의 잼 통을 덮는 뚜껑이지요

아주머니가 반듯이 누워 잠들어 있어요
나는 그녀의 미래지요

오늘 모든 성자의 날을 맞이하여
얼마나 그녀가 그리운지요

1993

로베르 조라[28]

로베르, 오늘 아침
나는 내 검은 장화에 윤을 냈다오
당신을 떠나 보내는 자리에 어울리도록
깔끔하게 단장하기 위해서였소

당신의 관은 자그마했고
당신의 손녀딸 하나가
관 네 귀퉁이에
촛불을 켰소

당신이 나에게 가르쳐 주었소
지금은 사라져 가는 기술을
망치로 두드려
낫을 날카롭게 하는 기술 말이오

당신의 무덤 옆에 서자
나의 눈에 당신의 엄지손톱이
박막(薄膜)만큼이나 얇은
낫의 날을 검사하고 있는 것이 보이오

세월이 갈수록 당신은 점점 더 허약해졌고
나는 쇠를 두드리고
늘려 펴서
해마다 더 얇게 만들었소

하지만 그런 다음에
당신은 항상 내가 다듬은 날을 가져가서는
작은 망치로 두드려
나의 서투름을 바로잡곤 했소

내년 유월에는
나 혼자서 낫을 날카롭게 다듬어야겠지요
그리고, 로베르, 나는 당신을 위해
내 슬픔보다 더 날카롭게 그것을 다듬으려 할게요

1996

모스타르[29]

시몬과 릴로[30]를 위하여

먼지로 변한
토요일 아침에
일곱 개의 일상적인 낮과
일곱 개의 고요한 밤으로 이루어진
매주,
그 토요일 아침에,
술을 마시지 않았다면
토요일 아침 나는
발코니로 가져가곤 했소,
내 신발과
그녀의 신발 한두 켤레를.
오층 마루에는
그녀의 신발 열네 켤레가 있었다오.
비둘기들 사이에서
넝마 조각을 감은 손가락을
구두약 위에 대고 문지른 다음
난간 위에서 균형을 잡은 채
나는 검은 구두약을 바르곤 했소,
앙증맞은 옆면에
살짝 들린 신발 끝에
그 끝이 주사위보다 크지 않은
늘씬한 굽에,
그녀의 오른쪽 발과 왼쪽 발을 위해.
그런 다음 그녀의 신발을 잠시 놓아두곤 했었소.

솔질을 하기 전에
왁스가 가죽에 스며들도록 하는 데는
그렇게 하는 것이 효과가 있다고
혼자 중얼거리면서 말이오.
그런 다음 두 손가락을 신발 속에 찔러 넣고는
광택을 냈소,
반짝반짝 윤이 날 때까지,
토요일 아침에.

솔
오층 마루
발
모든 것이 자취를 감추었소.

1995

노래

뱀의 혀처럼 기다란
　　하지만 갈라지지 않은
당신의 혀

그들이 한 그루의 나무를
　　심어 놓은
기울어진 당신의 목

당신의 피부 드넓은 바다
　　반짝이는 물방울
그리고 왕국

우리 둘의 네 개의 눈
　　눈먼 이들을 위한
매듭지어진 검은 비단

웃으면서
　　그 옛날 우리의 근원으로
우리를 인도할 그들을 위한

1996

역주

1. 1926년 11월 5일은 존 버거의 생일.

2. 이프레(Ypres)는 제일차세계대전 당시 연합군과 독일군 사이의 전투가 격렬했던 벨기에의 서플랑드르 주에 있는 도시로, 1914년, 1915년, 1917년에 걸쳐 세 차례의 전투가 있었다. 1914년 전투에서 연합군이 이 지역을 탈환했으며, 1915년 전투에서는 독일군이 염소 가스를 사용하여 연합군 지역을 빼앗았다. 가장 규모가 크고 널리 알려진 1917년 전투에서도 탱크가 수렁에 빠지는 바람에 독일군이 승리했는데, 이때 독일군은 겨자 가스로 연합군을 막았다. 당시 전투가 너무 심각하여 마을 전체가 폐허가 되었다.

3. 1914년에서 1918년까지는 제일차세계대전이 있었던 시기며, 존 버거의 아버지(S. J. D. Berger)는 당시 유럽 서부 전선에서 보병 장교로 참전했다. 독일은 1918년 11월 11일 오전 열한시에 연합국에게 항복했으며, 버거의 아버지는 그때까지 약 삼 년간 참호에서 전쟁을 치러야 했다. 이 시의 일곱째 연에 나오는 내용은 이런 맥락에서 이해할 수 있다. 한편, 존 버거는 전쟁이 끝나고 팔 년 후 1926년에 영국 런던에서 태어났다.

4. 영국에서 탄광 노동자들이 주동이 되어 1926년 5월 3일부터 12일까지 일어났던 파업.

5. 미 해군장교 에드워드 베리(Edward W. Very)가 고안한 신호용 권총 또는 조명탄.

6. 서부 전선의 끔찍한 참호 생활은 온갖 것을 진흙투성이로 만들었다. 엄지와 검지로 성경을 들든, 급료 지불 대장을 들든, 진흙이 그 사이를 비집고 들었던 것이다.

7. 존 버거의 아내.

8. 존 버거의 설명에 의하면, '신화적 의미'를 지닌 현대의 대도시.

9. 이 시에 등장하는 "매, 매, 검은 양아"나 "예, 예" 등의 표현은 널리 알려져 있는 다음 동요에서 나온 것이다: "매, 매, 검은 양아, 너에게 양털이 있니? 예, 예, 있고말고요. 가득 담긴 자루가 세 개 있지요. 하나는 나리께, 다른 하나는

마님께, 또 다른 하나는 길 아래쪽에 사는 어린 소년에게 줄 것이랍니다(Baa, baa, black sheep, / Have you any wool? / Yes sir, yes sir, / Three bags full. / One for the master, / One for the dame, / And one for the little boy / Who lives down the lane)." 이 동요는 양모 산업이 영국경제의 주축을 이루었던 13세기에 처음 불리기 시작한 것으로 추정되며, 동요의 가사는 생산된 양모의 삼분의 일을 지방 귀족("나리")이, 삼분의 일을 교회("마님")가 가져가고 삼분의 일만이 생산자("길 아래쪽에 사는 어린 소년")의 몫으로 돌아올 만큼 세금이 과중했던 당시의 세태를 암시하는 것으로 읽히기도 한다. 즉, 시대 비판의 함의를 담고 있다는 점에서 이 동요는 「트로이에서 온 엽서」를 통해 시인이 말하고자 하는 바와 연결될 수도 있다. 물론 「트로이에서 온 엽서」는 이 동요를 그냥 '동요로' 받아들인 채 동요에 나오는 말을 바꿔 피폐한 도시 풍경에 대한 시인의 시선을 전하는 작품으로 읽을 수도 있다.

한편, 이 시 첫 연의 "양가죽"이나 마지막 연의 "다만 죽은 맷새를 / 감쌀 만큼"은 다음의 동요와 관계된다: "잘 있어라, 맷새같이 귀여운 아가야 / 아빠는 사냥을 갔단다 / 자그마한 토끼 가죽(양가죽)을 구해 / 맷새같이 귀여운 아기를 감싸주려고(Bye, baby bunting, / Daddy's gone a-hunting, / To get a little rabbit skin (To get a little lambie skin) / To wrap the baby bunting in)." 공포 영화 〈검은 크리스마스(Black Christmas)〉에서 살인자 빌리가 사람을 죽여 플라스틱 백으로 감싼 다음 흔들의자에 앉혀 놓고 이 동요를 약간 변형하여 부르는데, 시에 등장하는 "죽음"이나 "관" 등의 표현이 이 영화를 연상케 하기도 한다. 맷새는 새의 종류를 지칭하는 표현이기도 하지만, 작고 귀여운 아이를 의미하는 표현일 수도 있다.

10. 레 살랭 드 지로(Les Salins de Giraud)는 프랑스 남부에 위치한 아름다운 지역으로, 대규모 제염업으로 유명하다.

11. 존 버거의 아내 베벌리(Beverly Berger)의 아버지, 하우 밴크로프트(Howe Bancroft).

12. 르모리앙(Remaurian)은 남부 프랑스 니스(Nice)의 북쪽 산간에 있는 작은 마을이다. 이 시편들은 한 여인이 어느 남성에게 전하는 일종의 연가(戀歌)로, 시와 함께 보여주는 사진들은 여성의 몸, 또는 남성의 몸을 시적 화자에게 떠올리게 하는 영상을 담고 있다. 한편, 르모리앙이라는 장소가 때로는 성적 대상으로서의 여성의 몸으로, 때로는 남성의 몸으로 표현되고 있음에도 유의해야 한다. 시적 화자인 '나' 역시 성(性)을 바꾸기도 한다.

13. 존 버거의 친구들.

14. 올리브 기름을 짜기 위한 맷돌.
15. 르모리앙이라는 장소는 성적 매력이 넘치는 곳인 동시에 아주 오랜 연륜을
    지닌 곳임이 이 표현을 통해 암시되고 있다.
16. 미국의 가수 엘비스 프레슬리(Elvis Presley).
17. 존 버거의 친구로, 파리 근교에 거주하고 있는 우크라이나 출신의 소설가 넬라
    비엘스키(Nella Bielski).
18. 이 시에서의 침엽수림은 스탈린 시대의 침엽수림을 말하며, 그 당시 소련의
    집안마다 적어도 한 사람은 '강제 노동 수용소(Gulag)'에 갇혀 있었음에
    유의할 것.
19. 마리차(Maritsa)는 발칸 반도의 내륙을 흐르는 강의 이름으로, 그 유역에
    비옥한 평원이 펼쳐져 있다.
20. 이민자들이 삶을 살아가는 시골 지역의 빈곤함을 상징적으로 보여주는 시.
    들판에 던져 땅을 기름지게 하나, 사람들이 혐오하는 퇴비, 저절로 발효하여
    김이 무럭무럭 나는 퇴비와 같은 존재가 바로 '우리'임을 암시한다.
21. 다뉴브 강의 지류 가운데 하나인 사바(Sava) 강. 보스니아, 크로아티아,
    슬로베니아를 가로질러 흐른다.
22. 아침이 다가오지만 밤이 가고 새롭게 낮이 시작되는 것을 원치 않는 사람의
    목소리가 담겨 있는 시로, "검은 고등어"는 배를 끌고 입항하는 예인선처럼
    '낮'이라는 배를 끌고 다가오는 존재로 이해될 수 있다.
23. 예수의 시신을 안고 슬퍼하는 성모 마리아 상.
24. 가축업자들은 기생충 등을 방제하거나 영양분을 공급하기 위해 가축들에게
    물약을 먹인다.
25. 이 시의 제목과 관련하여 존 버거는 어떤 특정한 사건을 지칭한 것이 아니라,
    어떤 장소, 어떤 시간에 불행하게도 일어날 수 있는 사건을 가리키기 위한
    것임을 역자에게 밝힌 바 있다. 한편, 버거 자신이 의식했던 것은 아니지만, 이
    시에 등장하는 개와 관련해서는 큰개자리(Canis Major)의 시리우스(Sirius, Dog
    Star)와 이에 관한 천문학적 신화적 이야기들을 참조할 수도 있다. 무엇보다도
    시리우스 A의 옆에 있는 시리우스 B가 1862년 앨번 그레이엄 클락(Alvan
    Graham Clark)에 의해 발견되었는데, 이 별의 애칭이 '새끼(the Pup)'라는 점에
    유의할 것. 한편, 그리스의 시인 아라투스(Aratus)는 큰개자리가 주인 오리온을
    향해 시리우스를 입에 물고 두 다리를 들고 있는 형상이라고 묘사한 바
    있음에도 유의할 것.
26. 말장수들은 말의 이빨을 더듬어 보아 얼마나 닳았는가를 측정하는 것으로

말의 나이를 알아맞힌다. 이와 마찬가지로 말의 이빨을 더듬어 우리가
얼마나 멀리 고통스러운 여행을 했는가를 '우리'는 알아맞힐 수 있다.

27. 매년 11월 1일로, 카톨릭교에서 모든 성자를 추모하는 날이다. 어렸을 적
    우크라이나에서 함께 살았던 자신의 아주머니를 회상하고 있는 넬라가 이
    시의 시적 화자이다.

28. 프랑스 동부 알프스 산록의 마을에 살고 있는 존 버거의 친구이자
    이웃으로, 이 시에서 시인은 고인이 된 그를 그리워하고 있다.

29. 보스니아에 있는 도시.

30. 존 버거의 친구들.

따뜻한 마음의 기록과 함께 보낸 지난 겨울 — 옮긴이의 말

세상에 어려운 일이 어디 한두 가지겠냐만, 번역만큼 어려운 일도 없을
것이다. 그것도 시를 번역하는 일만큼 어려운 일은 세상 어디에도 없을
것이다. 특히 우리와 동시대의 삶을 살아가는 시인의 작품을 번역하는
일은 종종 불가능에 가깝다. 이는 물론 언어와 형식의 문제 때문만이
아니다. 한 편의 시를 둘러싸고 있는 문화적 정보 ─그것도 해당
문화권에서는 암묵적으로 이해되고 통용되는 문화적 정보─ 에 쉽게
다가갈 수 없는 경우가 적지 않기 때문이다. '세계화 시대'에 타문화에
대한 접근 불가능성을 이야기하다니? 이를 문제삼음은 시란 세계화라는
이름 아래 이루어지는 피상적인 문화 교류만으로는 결코 다가갈 수 없는
그 무엇이기 때문이다. 다시 말해, 고도로 함축적이고 암시적인 언어를
통해 문화를 드러내는 동시에 감추는 것이 시라는 예술작품이기
때문이다. 물론 시간이 흐르면 해당 작품에 대한 깊이있는 연구와 해설이
쌓이게 마련이고, 따라서 시가 창작되고 읽힌 문화에 접근이 한결
용이해질 수 있다. 하지만 아직 어떤 형태의 길잡이도 준비되어 있지 않은
상황이라면, 어찌 번역 작업이 절망적인 것이 되지 않을 수 있겠는가.

존 버거의 『아픔의 기록』을 읽고 번역하면서 나는 이런 연유로 종종
절망하지 않을 수 없었다. 물론 절망의 순간보다 즐거움의 순간이 더
많았던 것도 사실이다. 오랜 세월 매달려 온 영문학 공부와 이에 따른
문화 체험이 나에게 있기 때문이었을까. 오직 그 때문에 즐거움의 순간이
더 많았던 것은 아니다. 모든 인간이 마음 깊은 곳에 공유하고 있는
보편적 정서에 호소할 만큼 길고도 깊은 울림을 담고 있는 작품들, 열린

마음으로 직접 다가갈 수 있는 아름답고 섬세한 작품들이 『아픔의 기록』에는 적지 않았기 때문이다.

고백하자면, 번역에 앞서 원문을 읽으면서 가슴이 따뜻해지는 감동의 순간을 여러 번 경험했다. 특히 달리는 지하철 안에서 선 채로 읽었던 「로베르 조라」가 그 당시 일깨웠던 마음의 울림은 번역이 끝난 지금 이 순간에도 생생하다. 이제 더 이상 함께 자리를 할 수 없게 된 이웃 친구에 대한 안타까움과 그리움의 기록인 「로베르 조라」에서 느껴지는 인간에 대한 깊은 애정에, 이를 전하는 간명하면서도 울림이 길고 깊은 시적 표현에, 나는 잠시 어두운 지하철 창 밖을 멍하니 바라보지 않을 수 없었다. 이 시의 마지막 연에 눈길을 주는 동안 목이 메이고 눈앞의 활자들이 흐릿해져 잘 보이지 않았기 때문이다. 어디 그뿐이랴. 뿌리뽑힌 자들의 신산한 삶에 관한 기록으로 삶에 대한 시인의 강한 긍정이 읽히는 「이별」, 시골 마을의 정겨운 목로 주점에서 있을 법한 따뜻한 정경을 담고 있는 「먼 마을」, 내 어릴 적 놀이터였던 서해안 어느 바닷가의 염전을 한 폭의 그림처럼 생생하게 떠올리게 하는 「시」 등등의 시들도 나의 마음을 강하게 끌었다. 물론 에로틱한 사랑이 시적 주제가 되고 있는 "르모리앙에서" 시편들, 뿌리뽑힌 채 험한 삶을 살아가는 가난한 사람들의 삶이 시적 주제가 되고 있는 "이민의 시" 시편들 등등 ― 시인의 다감하고 섬세한 마음을 확인케 하는 그 모든 작품에 나는 매료되었다. 내 감성의 깊이와 넓이를 더해 주는 그 모든 시를 읽고 번역하는 즐거움으로 지난 겨울을 보냈다.

하지만 앞서 비친 바 있듯 버거의 시를 이해하고 번역하기 쉽지 않은 때도 더러 있었다. 무엇보다도 시인이 언어로 표현한 것 저편에 놓여 있는 무언(無言)의 말들에, 시의 여백과 행간을 채우고 있는 문화의 넓이와 의식의 깊이에 쉽게 다가갈 수 없는 때가 종종 있었기 때문이다. 그럴 때마다 나는 작품과 나 사이의 거리를 좁히기 위해 온갖 노력을 다했다. 시를 번역하는 도중, 어떤 때는 유럽의 현대사를 공부하느라고, 어떤 때는 하늘의 별자리를 탐구하느라고. 또 어떤 때는 엉뚱하게도 인류학에 관한 책을 읽느라고 밤을 지새웠던 것은 다 작품과 나 사이의 거리를 좁히기 위해서였다. 그뿐만이 아니었다. 어떤 때는 동요를 찾아 듣기도 했고, 또 지도를 펼쳐 놓은 채 상상 속에서 온갖 곳을 더듬어 찾아다니기도 했다. 그리고 어떤 때는 시집에 나오는 사진과 삽화를 세밀하게 살피기도 했고, 또 여기서 언뜻 받은 인상을 마음속으로 다시 정리해 보기도 했다. 물론 그런 노력만으로 항상 만족스러운 답을 찾을 수 있었던 것은 아니다. 그래서 시를 구성하는 단어들 하나하나에 대한 분석을 시도하기도 했고, 시적 이미지들을 조합했다가 부수고 부수었다가 다시 조합하기도 했다. 한마디로 말해, 시인의 의식을, 시의 행간과 여백을 무언의 언어로 채우고 있는 그 무엇에 다가가려고 갖은 노력을 다 기울였다.

그럼에도 불구하고, 아니, 당연하게도, 여전히 다가갈 수 없는 부분들이 있었다. 어찌할 것인가. 대충 얼버무리고 말까. 그럴 수는 없다는 생각에 시인에게 이메일로 도움을 청했다. 물론 그가 작품을 창작한 당사자라고 해서 번역자에게 도움을 줄 의무가 있는 것은 아니다. 어찌 보면, 도움을 청하는 것 자체가 무례함으로 비칠 수도 있겠다. 시인에게 그의 작품에 대해 이러저러한 부가적인 또는 비(非)시적인 설명을 요구하는 것 자체가 작품의 완결성을 무시하는 일이 될 수도 있기 때문이다. 하지만 어쩔 수 없어 그에게 이메일을 보냈던 것이다. 그런데 놀랍게도 그는 나의 모든 물음에 친절하게, 그리고 즉각적으로, 세세하고 명료한 답변을 해주었다. 시에서 읽을 수 있었던 섬세하고 따뜻한 마음을 그는 자신의 시를 번역하는 사람에게도 나눠주었던 것이다! 그것도 "주의를 기울여 번역 작업을 해주는 데 대해 더할 수 없는 감사의 마음을 친애하는 장경렬에게 전한다"는 말과 함께.

『아픔의 기록』에 대한 번역은 이런 과정을 거쳐 이루어졌다. 참고로 말하자면, 번역만으로는 시에 대한 이해가 어려울 수도 있겠다는 판단이 설 때는 역주를 달았다. 이 역주는 나 자신의 공부 및 나의 물음에 대한 시인의 답변에 근거하여 마련된 것이다.

이 글을 마감하기 전에 한 가지 생각해 볼 문제가 있다. 존 버거의 주된 활동 영역에는 시 창작이 포함되어 있지 않다. 그는 소설을 포함하여 깊은 사색이 담긴 수많은 산문을 썼고 예술 비평 분야에서도 많은 업적을 냈다. 하지만 시집이라고는 단 한 권『아픔의 기록』이 있을 뿐이다. 모든 사실을 종합해 볼 때, 버거는 일반적으로 사람들이 말하는 '전문적' 의미에서의 시인이라고 할 수는 없다. 이런 연유로 이제까지 이 글에 동원한 '시인'이라는 표현은 적절치 않은 것일 수도 있다. 하지만 나는 '시인'이라는 표현을 고집하고자 한다. 그의 시는 이제까지 내가 읽은 영미의 수많은 현대 시인들의 작품과 어깨를 나란히 할 수 있다는 것이 나의 판단이기 때문이다. 아울러, 그의 주된 집필 활동은 산문을 통해 이루어지고 있지만, 그의 산문에는 그가 창작한 시들이, 그것도 고유의 무게와 의미를 갖는 시들이 적지 않게 등장하기 때문이다. 그가 자신의 산문 여기저기서 선보이고 있는 시들은 정녕코 산문에 덧붙인 장식품으로 여겨질 성질의 것들이 아니다. 내가『아픔의 기록』번역 작업에 온 마음으로 집중할 수 있었던 것은 '시인'으로서의 버거에 대한 나의 이 같은 믿음이 어느 때도 흔들리지 않았기 때문이다.

『아픔의 기록』을 번역하는 과정에 친절한 도움을 준 존 버거에게, 그리고 열화당의 편집진에게 깊은 감사의 마음을 전한다. 이처럼 감사의 마음을 전하는 순간 내 안 어딘가에 새롭게 감사의 마음이 고인다. 새롭게 고이는 감사의 마음은 깊이 간직하고 있으리라. 그리고 때가 되면 그들에게 다시 한번 감사의 마음을 전하리라.

2008년 7월 관악산 기슭에서
장경렬

존 버거(John Berger, 1926-2017)는 미술비평가, 사진이론가, 소설가, 다큐멘터리 작가,
사회비평가로 널리 알려져 있다. 처음 미술평론으로 시작해 점차 관심과 활동 영역을 넓혀
예술과 인문, 사회 전반에 걸쳐 깊고 명쾌한 관점을 제시했다. 중년 이후 프랑스 동부의
알프스 산록에 위치한 시골 농촌 마을로 옮겨 가 살면서 생을 마감할 때까지 농사일과
글쓰기를 함께했다. 주요 저서로『다른 방식으로 보기』『제7의 인간』『행운아』『그리고
사진처럼 덧없는 우리들의 얼굴, 내 가슴』『벤투의 스케치북』 등이 있고, 소설로『우리
시대의 화가』『G』, 삼부작 '그들의 노동에'『끈질긴 땅』『한때 유로파에서』『라일락과
깃발』,『결혼식 가는 길』『킹』『여기, 우리가 만나는 곳』『A가 X에게』 등이 있다.

장경렬(張敬烈)은 인천 출생으로, 서울대 영문과를 졸업했다. 미국 오스틴 소재 텍사스
대학교 영문과에서 박사학위를 받고, 현재 서울대 영문과 명예교수로 있다. 최근 십여 년
동안 출간한 번역서로는『선과 모터사이클 관리술』(2010),『노인과 바다』(2012),
『백내장』(2012),『젊은 예술가의 초상』(2012),『라일라』(2014),『학제적 학문
연구』(2014),『성스러운 숲』(2022)이 있다.

아픔의 기록 시 소묘 사진 1956-1996
존 버거 / 장경렬 옮김

초판1쇄 발행 2008년 8월 1일 초판3쇄 발행 2023년 8월 10일
발행인 李起雄 발행처 悅話堂
경기도 파주시 광인사길 25 파주출판도시
전화 031-955-7000 팩스 031-955-7010 www.youlhwadang.co.kr yhdp@youlhwadang.co.kr
등록번호 제10-74호 등록일자 1971년 7월 2일
편집 이수정 신귀영 디자인 공미경 이민영 인쇄 제책 (주)상지사피앤비

ISBN 978-89-301-0337-4 03840